Les gusta
cazar mariposas.

A los conejitos les gusta
jugar al escondite...

o salir de exploración.

Les gusta mantenerse
sobre sus patas traseras
y escuchar soplar el viento
en los prados.

A los conejitos les gusta
saborear el berro de la fuente
cerca del murmullo de un arroyo.

A los conejitos les gusta
mascar ruibarbo,

triturar zanahorias,

roer coles

y alfalfa.

A los conejitos les gusta
mucho jugar...

Les gusta
dormir bien calentitos
apretados unos contra otros.

A los conejitos les gusta
saltar por encima de los junquillos,

oler los cardillos
y por qué no, ¡comerlos!

A los conejitos les gusta
bailar
en el claro de luna.

A los conejitos les gusta
acurrucarse contra ti
y dejarse acariciar las orejas
suavemente...